AF 136994

Pierre Léoutre

L'angoisse du sniper

FSC
www.fsc.org

MIXTE

Papier issu
de sources
responsables
Paper from
responsible sources

FSC® C105338

Après la guerre. Je lisais *La Dépêche du Midi* dans mon jardin, profitant d'une magnifique matinée ensoleillée de ce printemps languissant. Mon attention fut attirée par un article relatant les tristes exploits d'un agresseur obsessionnel de femmes, qui s'en prenait par surprise à la poitrine de ses victimes, plus d'une vingtaine répertoriée par la police. Violence contre les femmes, violence des rapports humains, absence de respect de l'autre y compris dans le désir amoureux. Je tournai la page du journal et me mis à réfléchir sur mon propre rapport envers la poitrine féminine. Un prénom vint immédiatement à mon esprit, celui d'une femme que j'avais tant aimée, Claire, à la douce et belle poitrine, Claire dont les seins fruités symbolisent *ad vitam aeternam* l'une de mes émotions amoureuses les plus fortes et les plus tendres.

ooo

Les seins de Claire annonçaient la promesse d'un voyage brûlant, malgré leur proximité revigorante : c'est une entrée en matière assez brutale et pourtant parfaitement tendre et sincère. Elle était gênée, je ne sais pas pourquoi, mais est-ce utile de le préciser ? Pourtant je sentais que si je lui demandais de poser ma tête sur sa poitrine, elle accepterait, heureuse et tendre. Très romantique, et même plutôt érotique et en tout cas pas platonique. J'imaginais ses seins nus, non comme une simple pulsion, mais comme l'entrée pourquoi pas des prémices d'une histoire d'amour plutôt marquante. Je m'explique : faire l'amour est absolument agréable, vivre une histoire d'amour avec Claire, difficile à séparer entre l'acte et les intentions, nous emmenait dans une dimension beaucoup plus élevée.

Tout commence par le physique, bien entendu, que ce soit le regard, ou bien les seins (fixation mammaire qui peut sembler surprenante, je le reconnais, mais telle est la situation présente), ou toute autre partie du corps de cette femme : Claire était fort jolie et sincèrement désirable. Il y a beaucoup de jolies femmes, mais Claire avait en plus un charme puissant qui inspirait un transport amoureux fait pour voyager loin, et me transformait en loup de Tex Avery, tout en me faisant espérer une oasis affective durable et sereine. Elle avait tout gagné. Et moi aussi. La force du destin ou du hasard veut parfois qu'une femme et un homme aient besoin l'un de l'autre, sans raisons précises, d'une façon si impérative que rien ni personne ne pouvait s'opposer à ce rapprochement inéluctable et écrit, dont les quelques pages de ce carnet de voyage amoureux sur la piste de la nymphe adorée et émouvante se feront la trace.

– Mais enfin, tu n'aimes pas que mes seins ? me demanda-t-elle.

Bonne question. J'adorais son regard, un tout petit peu trouble, une réserve permanente faite d'interrogations et d'envies. Je reconnais que l'ensemble de la description corporelle est fractionné et sans arrêt repris, c'est un peu de la pièce détachée, un catalogue amoureux, un supermarché sentimental, un puzzle du désir, une supercherie littéraire de plus, peut-être ; ou alors, c'est autre chose, un fil compliqué et simple, qui maintient un équilibre fragile et beau à la fois. Le corps de Claire était très harmonieux et désirable, les jambes, les fesses, les hanches, le dos, le cou gracile dévoilé par une chevelure abondante comme une corne souvent retenue par un chignon, chevelure attirante, mince et ronde, attirante. Une taille sublime de celles que l'on enlace sans jamais se lasser. Une voix douce, très féminine, de belles lèvres posées sur un visage charmant, j'étais vraiment comblé. Un caractère sérieux, entier, un amour de femme à cueillir et à conserver précieusement.

Je n'étais probablement pas son genre d'homme, a priori. Comment savoir ? Je le savais, elle me l'avait dit, un jour, sans prévenir, comme une ultime parade. De toute façon, il fallait partir perdant dans ces histoires d'amour. Claire, au bord d'un précipice, devait réfléchir longtemps avant de se lancer ; mais si elle se décidait, elle devait plonger les bras ouverts, un vol gracieux et généreux ou une chute abyssale. À vrai dire, malgré ces monceaux de désir lascifs, je n'avais pas besoin de cette fille ; pourtant, physiquement, je ressentais fortement de la gourmandise, presque de la concupiscence. Elle n'avait pas de place pour moi dans sa vie, voilà ce que je me répétais sans cesse. Je mis la clef dans le contact et fis démarrer le véhicule pour une balade sans but.

Combien de temps pour cette promenade ? Le temps de séduire Claire, en partant de rien et en arrivant à tout, je n'en doutais point, j'écoutais du Charlélie Couture en boucle, un vrai spleen de Baudelaire de supermarché, sans vouloir entre péjoratif pour un mode de vie aux normes, je m'inquiétais sérieusement du devenir de cette société peu branchée, peureuse et pas très gentille. Il fallait absolument rester dans les clous dans cette carte du Tendre numérisée.

Heureusement, il y avait Claire, sa main douce et ferme me tenait par le col de ma chemise blanche, empêchant la noyade. Tabac, alcool, sexe, lecture, télévision, boites de nuit jeunes et torrides, libertines et joyeuses, cinéma, j'épuisais tour à tour ces plaisirs futiles, j'évitais les conflits avec le genre humain pour échapper à une troisième guerre mondiale, je ne pensais vraiment qu'à une chose : horizon indépassable que ces attributs, caresser les seins de Claire, ses seins magnifiques, collines douces à l'horizon, doux mamelonnant de mes rêves, poser mes mains sur les seins de Claire, sentir sa réaction et ses pointes gorgées du désir, voir cette femme m'offrir sa poitrine et son amour, paire de seins qui va de pair avec nos sentiments peut-être partagés, un grand moment de ma vie où l'érotisme cherche une justification sentimentale sincère. Ce Charlélie Couture me donne envie d'écrire de la musique ; diversion ou digression ?

Sentait-elle que je m'étais éloigné d'elle en faisant démarrer mon véhicule pour partir à l'aventure ? Pour gagner le cœur de la belle, il me fallait vaquer et gagner d'homériques combats contre mes faiblesses, mes lacunes et mes désespoirs, puis revenir vers elle en héros bronzé et fort, irrésistible et attachant amant, indiscutable et évident conquistador, énergumène solide comme un roc, le symbole épanoui d'une vie saine et joyeuse, la force tranquille du trousseur de jupons incontestable. Tous ces qualificatifs, ça fait beaucoup, un peu trop sans doute, ça déforme le sens et ça induit du trouble ; butinons, lutinons.

Claire, ma douce, est peut-être en train de se faire trousser par un autre, sa poitrine gonflée de désir à développé comme le gonflement du volcan avant son éruption (« l'analogie en forme et fonctionnement avec l'aréole sommitale, lieu d'épanchement, et la lente montée du plaisir sur les parois abruptes », me susurre un ami poète de passage), ou bien en train de prendre un bain ou de regarder la télévision, pendant que je souffre de ces sentiments inavoués, ou plus exactement, inassouvis. Maudite timidité qui fait de moi un baladeur sans fin, yo-yo de l'autoroute du sud de la France, errance automobile. Petit, gros, paire de lunettes, je n'avais aucune chance d'obtenir l'amour de Claire, d'après les magazines à la mode.

Je roulais en respectant les limitations de vitesse, sans discontinuer, sans but, sans rien, sans l'amour de cette femme, perdu au bout de l'autoroute. J'avais fait part de mon désarroi à une amie, elle m'avait répondu en me parlant des gens vieux et malades, leur situation entait pire que celle de l'amoureux transi, oui, soit, mais quelle importance ? Je parlais, moi, de la vie. Prendre Claire dans mes bras, l'embrasser et la serrer contre moi, sentir son odeur, la caresser, la sentir profondément, fusionner avec elle. Son regard plonge dans le mien, comme dans le meilleur des romans à l'eau de rose. La rage d'aimer et d'être aimé, je reste sur ma faim, et si je suis un chien enragé, alors je dois montrer les dents. J'étais sûr qu'elle y pensait aussi, même si je n'étais pas son genre d'homme, ce qui éclaire la description précédente : elle ne pouvait pas entre insensible à la force de cet amour ; quid de l'attirance, du magnétisme. Méthode Coué d'un amour imbécile ; c'est délicat, c'est fort et prenant, et pourtant est-ce méprisable ? Et dérisoire ? Maladresses sentimentales qu'elle remarquait à peine, occupée qu'elle était à vivre sa propre existence faite de joies et de préoccupations importantes. Qu'aurait-elle fait d'un clown triste ? Les êtres lunaires ne sont pas tous blafards, ils peuvent être sympathiques, théâtraux, amusants. Je me mis à écouter du jazz, amant inutile car inemployé et pitoyable car apitoyé, évacuant son désir inassouvi sur des feuilles blanches virtuelles, petits bateaux en papier sur un lac. J'arrêtai mon véhicule et sortis du coffre ma canne à pêche, hameçon patient dans l'eau, assis dans l'herbe verte sous de grands arbres élégants ; le temps passait sans elle. Incroyable.

Le bouchon restait immobile. Le téléphone portable se mit à carillonner, j'avais un message, un SMS de Claire, une question : « Quel est le but du jeu ? » L'interrogation me fit sourire, en même temps, j'étais heureux du signe qu'elle m'adressait. Je ne répondis pas, non par manque d'imagination, mais parce que je préférais, à ce moment précis, regarder le bouchon de ma canne à pêche s'enfoncer dans l'eau filante et vive. Si elle m'aimait un tant soit peu, elle pouvait comprendre ce genre de choses. Un amour aussi beau que le nôtre se construit à deux, à elle de faire quelques pas, d'avancer dans le chemin.

Inaction, action, but à trouver, quête du Graal, mise à l'épreuve, démonstration de la force de mon amour (puisque je ne savais qu'écrire sur ce thème, aujourd'hui, fantasmons sur les seins de Claire), soudain je la pris au mot, et même je la pris tout court, tout corps, je l'apprivoisai, remballai ma canne à pêche en pensant au ventre de Claire, tenir sa gaule en solitaire, c'était onanique à souhait, mais la vérité obligeait à dire toutes les émotions que je vivais présentement avec la belle dont il est question.

Je me dirigeai ensuite vers la gare la plus proche. Je pris le premier TGV qui passait sur les rails. J'étais assis dans le sens contraire de la marche. Sur le siège voisin, une très belle femme d'origine africaine, pull noir, foulard noir et blanc qui recouvrait sa chevelure rousse – elle s'était fait une couleur ; un peu plus loin, un homme en train de lire le journal *Le Monde*. À travers les vitres du train, défile le paysage, campagne d'automne sous le soleil, ciel bleu, quelques tout petits nuages blancs cotonneux. Ma voisine a écrit quelques mots sur un carnet à la couverture bleue, elle jette un coup d'œil à l'écran de mon Ibook, peut-être se demande-t-elle ce que je suis en train de rédiger, il lui est naturellement impossible d'imaginer que je suis en train de composer un long poème en prose, lyrique et timide, en l'honneur des seins de Claire. L'essaim des voyageurs de mon train me mettait le bourdon, mais quelle abeille m'avait piqué de tomber amoureux d'une fille comme ça ?

Composer, car que savais-je faire d'autre ? Ma fonction sociale se réduisait à cela, j'étais pratiquement inutile pour la société, je le reconnaissais bien volontiers. *Au bonheur des dames*, rôle superfétatoire. Une analyse objective de la situation amoureuse dans laquelle je me trouvais laissait peu de chances à mes espoirs de pénétration du ventre de Claire. Si je l'écoutais, à ce jour, elle me répéterait certainement que je n'étais pas son genre d'homme. Qu'elle avait déjà un homme dans sa vie ; qu'elle ne pouvait pas changer d'homme comme je changeais de chemise, que les occasions nécessaires à l'épanouissement de notre rencontre se faisaient extrêmement rares, etc., etc., pitoyables arguments d'une femme sensible prise de vertiges, me disais-je devant ma bouteille d'Armagnac.

Il était même possible d'affirmer que le coté obscur de la force, pas celle de la guerre sous les étoiles, juste des scintillements complices, s'évertuait à nous éloigner l'un de l'autre. En somme, notre amour était une illusion. Quel prestidigitateur étais-je donc ? Un magicien qui n'ose pas véritablement déclarer sa flamme, perpétuant ainsi une situation vacillante. Une somme d'impossibilités matérielles très pesantes, une probabilité quasi inexistante de se réaliser, si l'on tenait compte des paramètres mathématiques et du bon ordre des choses et de la morale en vigueur sous les tropiques. Dans cette histoire, il n'y avait même pas d'espoir, uniquement l'infime possibilité de lever le nez vers le ciel, un jour d'averses, et d'apercevoir, peut-être, un arc-en-ciel. Nous savons tous très bien qu'il est extrêmement difficile de provoquer la création d'un arc-en-ciel ; oui mais s'arc-bouter pour expulser de soi le désir, pour l'exprimer et le sublimer, c'est toucher aux confins du mystère originel. Prendre un train au hasard, oui, faire apparaître un cercle de couleurs, non. J'étais bien ennuyé. Je pouvais donc attendre de voir un arc-en-ciel, cela arriverait bien un jour, là j'étais sauvé par les statistiques ; mais ce jour-là, Claire serait-elle à mes côtés pour prendre ma main tendue ?

Mes yeux fatigués contemplèrent à nouveau le paysage automnal, un rouge, vert et jaune doré, un ciel pur. Très honnêtement, la base de mon attirance pour Claire était physique, ce serait difficile à nier, je trouvais cette femme superbe, de ses seins à sa chute de reins, de son visage à ses longues jambes. Posez la question autour de vous de savoir si l'on peut trouver une femme belle, et écoutez bien les réponses, c'est amusant. J'avais ensuite, bien entendu, discuté avec elle ; j'avais été charmé par le son de sa voix, puis, progrès spirituel considérable en ce qui me concerne, par ce qu'elle disait.

Naturellement, je souhaitais davantage, passant de l'arc-en-ciel à la réalité amoureuse, mesurant les obstacles et le long chemin à parcourir avant de pouvoir poser mes mains émues, plutôt tremblantes et légèrement moites, mais décidées, sur sa poitrine somptueuse par trop voluptueuse. Lors de bouffées sentimentales ou animales ? J'imaginais nos premiers baisers, ce moment merveilleux où elle s'abandonnerait dans mes bras en me confiant son sentiment d'amour.

Rêve stoppé par l'arrêt de mon TGV en la gare d'Angoulême, j'usais mes muses, je n'étais qu'un vieux sculpteur maladroit qui travaillait un modelé aléatoire, provisoire, je ne payais qu'une image et je n'avais pas droit au cœur du sujet. En plus je suis vieux, ça fait beaucoup pour un seul homme, et dans cette affaire, je pouvais simplement me réjouir de l'accord tacite d'une femme pas taciturne qui savait ce que je pensais de sa poitrine : des globes d'albâtre que l'on gobe comme des œufs, les yeux dévorés, et qui englobe comme un univers tous les territoires de la connaissance depuis la naissance jusqu'au bulbe laiteux. Mais après deux minutes d'arrêt à Angoulême, j'étais encore très loin de Toulouse et fort peu convaincu de pouvoir poser mes lèvres gourmandes sur le bout de ses seins. Passer de l'euphorie au désespoir, dans une attitude cyclothymique assez destructrice, faute d'un signe d'elle, n'avoir que ce regard las sur un paysage à travers une vitre pas tout à fait propre, sens de la marche, amour qui est une faute, faute d'aimer, mauvaises raisons, impossible, le temps, la morale, le sens de la vie, le sens de la marche du train, occasions manquées, multiplicité et futilité des amours passantes, soleil d'automne serein, la rage d'aimer et d'être aimé qui se dilue dans un médiocre conformisme, le refus du trouble, l'ordre règne et toi, ma belle, tu es heureuse sans moi, alors pourquoi t'ennuyer ? Spleen, ô Charles, mon grand frère.

Je ne sais pas si avec le temps, j'arriverai à t'oublier. Je me souviens encore de toutes les autres, vois-tu, je sais être un mufle, mais me connaissant plus que tu ne veux bien le dire, tu me comprends et tu admets mon sentiment. « Belle du seigneur » d'un passager ferroviaire, roman de gare, roman d'amour, jeux de mots, quête virtuelle, démonstration de force du verbe, envie de te plaire et de te dire des mots d'amour malgré tout, mon train passe sous un tunnel et je pose ma tête entre tes cuisses, tes mains douces sur mon cou, tu as déjà fait l'amour et je ne te fais pas un dessin. Ce n'est pas un chant d'amour érotique, je subodore dans notre histoire bien davantage que du désir, même s'il est fortement présent et que ta haute poitrine hante mon esprit, tente mes mains et hypnotise mon regard comme une promesse délicieuse.

Comme un petit garçon qui va te montrer qu'il a bien travaillé, mon texte te prouvera la force et la beauté de mon amour ; alors que je venais d'apercevoir dans le ciel bleu de cette fin d'après-midi lumineuse le cercle blanc de la lune, je me mis à être triste de la distance qui nous séparait. Pourtant, le train que j'avais pris nous rapprochait l'un de l'autre, je ne comprenais plus rien à cette situation ; peut-être qu'une cohorte de marâtres protégeait ta blanche peau de mes caresses, peut-être que ma tendresse était insupportable ou parfaitement inutile à ton équilibre, peut-être que je n'avais rien d'important à t'apporter, peut-être que je n'étais rien et peut-être que je n'existais pas. Auto dévaluation logique. Je me sentais si fatigué, d'un seul coup, non pour me faire plaindre, il valait mieux être un vainqueur, mais tout simplement parce que j'avais besoin de toi, de ton affection. Au stade de la conquête, je demandais déjà de l'aide, comme si je ressentais la nécessité de ton regard, de tes mains, de tes mots. Qu'allais-tu pouvoir penser d'un tel désarroi ?

Femme béquille, femme oxygène, obscurité du désir, caprice de l'amour. Tu n'avais pas le temps, tu n'étais pas libre, tu n'avais pas envie, autant de barrières, de portes cadenassées à triple tour, des gardiens agressifs et bêtes protègent la tour, mon blanc destrier baisse la nuque, je fais demi-tour et je repars au galop dans la forêt.

Toi, au sommet de ta tour fermée, tu chantonnes en attendant ton mari, ta vaine cour occupe l'espace de ta prison, babillages et fanfreluches, mots cruels pour le cavalier blanc, indifférence moqueuse pour l'éconduit inutile et certitudes fermes plutôt que promesses inqualifiables. Mon cheval hennit au cœur de la clairière puis se met à brouter l'herbe fraîche de la première rosée du soir, et moi, assis contre un vieux chêne, j'avais posé mon heaume de combattant et m'étais mis à réfléchir à une nouvelle stratégie. La lune toujours visible dans le ciel clair était passée de la droite à la gauche du train, mais je pouvais toujours la voir. Je n'avais même pas envie de rire après cette tentative infructueuse, je songeais tout simplement à toi, préparant ta soirée de femme honnête. Tu ne pouvais pas avoir oublié qu'un chevalier esseulé t'attendait au fond d'un bois, mais tu avais certainement d'autres pensées ; il y a tellement de chevaliers, pourquoi accorder de l'importance à l'un plutôt qu'à l'autre ? Soyons raisonnables.

Indien ou militaire, je dresserai maintenant mon tipi pour la nuit. Alors que la lune avait conquis le ciel, je remontai sur mon destrier pour trouver une auberge avec une couche, du vin et une ribaude joyeuse. Claire, quant à elle, allait regagner sagement sa couche légitime et le monde continuerait à tourner sans nous. Elle était une femme de bien, j'étais un chevalier sans foi ni loi, nos chemins s'entaient frôlés, mais le Moyen Âge était loin et il fallait que tout fût normal. Claire, femme moderne, avait posé sa vie sur des rails alors que je ne faisais qu'un voyage.

J'aimais bien ce personnage du chevalier ; dans l'auberge, le tavernier jovial me servait bonne chère et bon vin, je passai la nuit avec deux catins pas encore décaties, une brune et une blonde aux formes rondes, je noyai mon chagrin à coups de reins, béat de luxure, profanateur de mes sentiments éthérés pour la belle princesse qui devait bien s'en moquer. Je n'étais pas un saint, juste un fornicateur amusé des coquineries de mes compagnes vénales, alors qu'au même moment Claire posait son doux visage sur l'oreiller brodé de son lit parfumé. Tard dans la nuit, l'aubergiste fit monter dans ma chambre d'autres mets gras et bons, que je partageai de bon cœur avec mes maîtresses vaillantes, rires à gorge déployée, bonne humeur et plaisir partagé, nous entions loin de l'amour courtois, le troubadour délaissé se roulait en bonne fange, oublieux des mamelles désirées et magnifiées. Claire éternua dans son sommeil, signe probable d'un trouble inconscient face à ma débauche dépitée et par-là même d'une osmose secrète mais vivante.

La catin brune me caressait pendant que je servais du vin à la blonde. Le jour se levait déjà, les premiers rayons du soleil pointaient à travers les volets en bois de l'auberge, je contemplais le désastre sans amertume, je n'étais qu'un homme, un pauvre chevalier solitaire errant sur les chemins pavés de bonnes intentions, Claire s'était refusée à moi et j'avais donc logiquement et banalement guéri ma frustration par le mal et le stupre. Nous nous endormîmes tous trois comme de bons amis, heureux d'avoir partagé une fête simple et bonne. J'avais le sourire aux lèvres, un sommeil parfait sans remords, je me sentais merveilleusement bien, presque soulagé, physiquement, bien sûr, mais aussi sentimentalement. J'avais trouvé une solution évidente et agréable à toutes ces histoires d'amour qui finissent mal. Claire m'avait fait du mal. Je n'affirmais pas cela pour la culpabiliser, c'eût été injuste, elle n'était absolument pas à l'origine de notre histoire, si ce n'est par l'éveil involontaire de mon désir ; simplement, avec ce texte lancé sur la voie, il était nécessaire de dire la vérité, et il était indéniable que Claire, par son refus, m'avait blessé. Tant pis pour moi. Tant mieux, obligation paranoïde à ce stade. « Oyez, oyez, braves et honnêtes gens, le chevalier blanc a connu l'échec amoureux, la belle ne l'aime pas et reste fidèle à sa moitié d'existence. » Les rires méchants et sournois des valets de l'ordre moral, la satisfaction médiocre des jaloux de rien, voilà ce que je me plus à imaginer pour noyer le refus chagriné de Claire. La faiblesse de trouver ailleurs la cause de ses échecs.

– Mais je n'ai rien dit, murmura-t-elle dans son sommeil tendre, car elle m'avait invité dans ses rêves.

Hélas, j'étais moi aussi en train de dormir, assommé par le vin et calé entre mes deux femmes aux parfums lourds. Seules mes mains bougeaient dans mon sommeil, pour tripoter encore ces formes douces et agréables, perdu dans la simplicité de ma nuit festive. Je n'étais pas en mesure de pouvoir entendre les murmures de la belle Claire. Il fallait qu'elle soit patiente et persévérante, que son humanité sincère fût assez puissante pour réussir à me sortir de mon bain de boue. « Sauve-moi, Claire » fut, peut-être, une pensée qui traversa mon cerveau pendant mon sommeil réparateur. Je veux bien accepter cette éventualité afin de prolonger l'histoire.

Le temps de la rédemption fut éphémère, et je fis sauter le bouchon d'une bouteille de champagne avant de poursuivre l'aventure. La fille qui m'accompagnait dans ce moment de solitude proposa de remplir nos coupes, pendant que je posais la question de fond : « Qu'est-ce que la littérature ? »

Elle trempa ses jolies lèvres dans le breuvage exquis puis me regarda droit dans les yeux et me répondit le plus sérieusement du monde qu'il s'agissait de l'expression la plus pure de la liberté.

– Explique-toi, rétorquai-je.

– Je pense que la page blanche est ton rêve, que personne ne peut juger. Moi, ensuite, j'aimerais peut-être la lire, c'est tout.

Notre conversation fut interrompue par la seconde catin, qui sortait propre et fraîche de la salle de bains. Une immense lassitude me prit, j'avais envie de café et de croissants, puis de partir loin, ce que je fis presque aussitôt. Après avoir réglé la facture à l'aubergiste, je montais à bord de mon véhicule blindé et m'éloignai à tout berzingue de ce lieu de déperdition d'énergie en saluant à grands gestes mes deux amies de la nuit, qui me le rendaient bien, debout et émues à la porte de la taverne. Nous nous entions promis de nous revoir.

En attendant, je fonçai jusqu'à l'aéroport de Toulouse-Blagnac, et regardai les vols en partance. La chance était avec moi, une place était disponible pour Venise, je ne pouvais espérer mieux. L'avion s'envola dans le ciel pur, je fredonnais une chanson de Nougaro, qui nous manquait tant, l'hôtesse de l'air me proposa une collation, les fondamentaux, manger, boire, dormir, voyager, aimer, rêver, ciel de France et d'Italie, littérature mon amour, le bel Airbus atterrit à Venice Airport, Marco Polo bonjour. Je n'étais qu'aux premières pages de mon « livre des merveilles », tout cela à cause d'une petite sotte, gazelle insaisissable dont les mamelles me plaisaient.

Je ne changeai rien à mes habitudes et me rendis directement vers la place Saint Marc, toujours aussi belle, centre du monde. Juste à cet instant, mon téléphone portable se mit à sonner, c'était Claire, évidemment. Abasourdi, je m'installai à la terrasse du café Florian, je collai l'appareil à mon oreille, ce qui la fit rire car elle était à quelques mètres de moi. Nous avons alors coupé nos téléphones, évidemment, et elle prit place tout près de moi.

– J'ai peu de temps à te consacrer, me dit-elle.

Je la contemplai d'un air niais, arborant un sourire idiot.

– Écoute, je suis en vacances avec mon mari, mais je suis très heureuse de te voir. Seule compte l'intensité. Notre amour est certainement impossible, mais pourtant, je suis vraiment heureuse de te connaître.

Je pouvais opter pour la solution immédiate d'un coït dans ma chambre d'hôtel, mais que deviendrait la beauté de l'histoire ? Je me contentai de prendre doucement ses mains dans les miennes, approche romantique et légère qui laissait le temps à l'espoir et au fantasme. Son regard se fit tendre, elle se leva, m'embrassa sur la joue droite puis s'éloigna au cœur du quartier San Marco. Je restai seul avec mon café torréfié au bois, nous n'irons plus au bois. D'une certaine manière, j'avais envie de hurler devant tant d'injustice, nous savons tous que la vie n'est pas simple, mais cette apparition mystérieuse et frustrante n'avait pour l'heure qu'une seule qualité, celle d'être démasquée.

Éloge de Venise en trois lignes, zut, c'est vraiment insuffisant, mais il fallait absolument que je voie Claire à Venise, nostalgie aristocratique, mythe et mystère, décadence et danse européenne, impuissance et force de l'amour ; que fait le poète éconduit à Venise ? Il se meurt d'amour, pardi ! La femme désirée fit l'offrande de son passage éthéré, paysage entr'aperçu. Le mystère avait choisi ce décor somptueux, hasard du déclin, conscience d'un échec qui n'était point parfait et de ce fait inexistant. Pourquoi, Claire, confondais-je ton amour et la cité des doges, profondeur majestueuse ? Pourquoi cette fusion décrépite, le feu intérieur crépite et la façade se lézarde ? Probablement pour t'inspirer de la pitié, car il paraît que l'on peut souffrir d'amour. As-tu été émue par mes gémissements, ma douleur qui serait presque muette si je n'étais pas ce troubadour occitan ? Tu n'as pas été étonnée par la folie de ma déclaration, mais je n'avais vaincu que la première barrière, conquérant ridicule. Allongé dans le lit de ma chambre vénitienne, je comptais les fantômes et tentais de voir tes yeux. Le chant du signe. L'illusion est passée, laissant sa trace douce comme la peau de Claire.

Plus tard dans la soirée, je me rendis dans un restaurant chinois où j'avais mes habitudes pour débrider mon appétit textuel. Mes agapes terminées, je demandai à la jolie serveuse de me conduire auprès du bouddha de l'établissement. Le restaurateur, qui était de mes amis, possédait cette force mentale qui faisait de lui un sage consulté, or j'avais justement besoin de quelques conseils pour la gestion de l'obsession qu'était devenue Claire, dont j'étais vraiment fou amoureux. La jeune femme me fit pénétrer dans le bureau du maître de céans, nous nous saluâmes avec un large sourire car nous étions heureux de nous revoir, nous nous connaissions depuis si longtemps. Li Weng me parla tout d'abord peintures, il voulait exposer en Europe une nouvelle génération de peintres chinois dont les œuvres, pensait-il, pouvaient plaire à un public occidental. Je l'encourageai naturellement dans cette démarche artistique universaliste ; ensuite, puisque nous avions abordé la question de la beauté, je lui fis part de la nature de mes rêves, la tentation monomaniaque de Claire qui hantait mon cœur et mon esprit. Je sentis que la question posée l'étonnait, voire même l'embarrassait. Li Weng devait sincèrement se demander pourquoi je compliquais mon existence à vouloir chevaucher une femme mariée qui ne manifestait pas un enthousiasme évident à entamer une relation affective et sexuelle secondaire, dans son existence comme dans la mienne. J'avais certes expliqué à Li Weng les ambiguïtés de la belle, qui nourrissaient mon espoir et mon désir, mais ces subtilités propres à une sympathie militante pour le mouvement féministe n'entaient pas prises en compte par mon interlocuteur et ami. Pour conclure, Li Weng m'offrit un ravissant bouddha miniature en cuivre, joufflu et jovial, et m'encouragea à persévérer dans cette séduction au long cours pour laquelle il prévoyait une conclusion tout à fait heureuse. Fort de cet avis d'expert, je repartis dans les ruelles vénitiennes, le cœur en fête. Li Weng, cliché ou réalité ? Ami véritable, en tout cas, et sa promesse d'un amour heureux était émouvante, comme le genou rond de Claire.

Je téléphonai à la belle pour lui annoncer la bonne nouvelle. Elle était en déplacement, courant comme moi à travers le monde, mais restant reliée à moi par un fil invisible que nous devions bien considérer comme un sentiment fort et sincère. Seul importait l'emballement du désir, la jouissance finale serait forcément belle, mais n'avait aucun caractère d'urgence, car celui qui retient ses chevaux, plus tard sur la ligne d'arrivée pourra couper le ruban de la victoire.

Etait-elle la femme d'un autre, qui ferait de mon désir une volonté d'impuissant, ou bien d'un puissant qui s'ignore par la vertu des sentiments purs, ou représentait-elle quelque chose d'unique qui m'était destiné ? Question troublante de l'âme sœur et de la prédestination des êtres aimants. Les femmes sont véritablement compliquées. Je chassai de mon visage le sourire idiot qui était le mien lorsque je me mélangeais à Claire par la pensée, tout devenait brouillon et confus comme une fusion en cours de réalisation. J'effectuai la mission pour laquelle j'avais été envoyé à Venise par mon service secret, puis repris l'avion pour la France. Je retrouvai Toulouse avec un immense plaisir, la ville grelottait dans le froid hivernal. Dans mon bar favori, mes amis continuaient à parler, la serveuse était souriante ; je pris la tasse blanche de café noir, contraste sérieux et véritable, dans ma main, après avoir lu les journaux du jour. Personne ne parlait de Claire, j'étais le seul dans la planète entière de la ville de Toulouse à savoir que cette femme m'aimait – du moins, c'était ce que je croyais encore à l'époque –.

Romantisme niais pour adolescents attardés, espoir confortable et vivant d'y croire, ou oasis nécessaire dans un monde trop violent, désert de tartares ou de tartarins de brutes ? Elle avait autant besoin que moi de cette histoire furtive et profonde, autorisant les opposés, les extrêmes, le grand écart. Elle devait imaginer le moment précis où nous fermerions la porte sur notre hymen dérobé, pour nous retrouver en tête à tête et oublier les hurlements du dehors, car je préfère les hurlements du dedans. Je n'étais qu'une grosse brute pataude, opposition permanente et troublante qui pourrait laisser supposer à un esprit non averti une guerre des sexes ou des genres, un conflit intime entre le féminin et masculin, pourquoi pas ? Toutes les analyses de textes sont possibles et autorisées, soyons généreux et tolérants, mais ne me faites pas perdre de temps et laissez-moi écrire. Ma muse, toujours ravissante, se déshabillerait pour offrir à mon regard troublé son corps nu, voyage au long cours. Je pourrais, enfin, parcourir ses seins en tous sens et inlassablement, lui faire l'amour longtemps. Notre danse intime durerait toute la nuit, nous rapprocherait plus encore de ce que nous vivions déjà, étourdis et brûlants, sa nuque ployée, ses hanches creusées, son ventre offert, son regard noyé dans le mien, ses mots d'amour prononcés doucement et mon cœur en train de cogner tant qu'il pourrait tenir le coup et le rythme. Au petit matin, j'embrasserais doucement ses lèvres pour lui dire bonjour, ce qui n'est pas défendu en de telles circonstances.

En attendant, il fallait vivre. La mort de Nougaro pesait à Toulouse. Je pris ma moto et partis pour Lectoure, dans le Gers, retour nécessaire vers l'enfance, régression assouvie. Je n'avais jamais oublié une femme que j'avais aimée dans cette ville, l'un de mes meilleurs souvenirs d'elle était un spectacle de danse sur le Köln Concert de Keith Jarrett. J'étais beaucoup plus jeune et émerveillé par les mouvements gracieux de cette fille sur la musique. Lorsque je vois autour tous ces hommes vieux comme moi, je sais que nous avons tous les mêmes souvenirs, le guitariste qui a enregistré ses ballades et pleure en écoutant la cassette de son passé, le légionnaire qui chiale sur sa bière dans la gare de Nantes, le poète qui jongle avec les mots faute de pouvoir sentir à nouveau le parfum de la nuque gracile, le peintre solitaire devant sa nouvelle toile blanche où il représentera une fois encore un quai de gare désert, un train qui part, une femme qui s'en va et te laisse seul, désemparé, la rage au cœur, le vide de l'air du temps, tes petites justifications dérisoires pour essayer de comprendre son départ et ne pas t'en vouloir d'avoir été nul, d'avoir perdu son amour. Même ce type que tu trouves bête et méchant a dû souffrir à cause d'une femme, s'ouvrir le cœur même, c'est un sentiment tellement humain. Tu peux l'appréhender. Serrons-nous la main. Clavier du musicien, toile blanche du peintre, mots du poète, page blanche de l'écrivain, angoisse du sniper, moi, je n'avais pas peur de cette histoire avec Claire, même si elle était difficile à vivre, et à la hache je taillais mes mots, écorces de mots harmonieusement placés sur ma feuille blanche, marqueterie, puzzle, tout ce que tu souhaites, Claire, pourvu que nous nous aimions longtemps – espoir aussi vain qu'un coup de vent d'autan –.

La fille de Lectoure tourbillonnait pour moi en faisant danser ses pieds légers. Peut-être qu'elle avait oublié ma présence, elle n'était que l'une de celles que j'avais perdues, ou peut-être aimées, que pouvait-on perdre dans ce type d'aventures ? Gagner le sentiment de la fugacité ? Assouvir des désirs ? Perdre son temps, non, ses illusions, non, perdre Claire, jamais. Je ne pouvais même pas l'envisager. Elle était peut-être en train de faire ses courses, de repasser les chemises blanches de son mari, de m'écrire une lettre passionnée, de penser à moi. Cette femme était vraiment amoureuse.

Nous allions tous les deux vers la perfection et nous le savions. J'entendais par perfection non pas un aboutissement glacé et immobile, mais une fusion amoureuse torride, comparable par exemple à un atterrissage pas si sage que ça mais absolument spatial, sur la planète Mars, avec rétrofusées ou bien airbags, ces derniers permettant plus de rebonds (ou, mieux encore, Vénus, tellement plus facile, encore que nettement plus inhospitalière ; mais cette histoire avec Claire n'était pas facile, il me fallait bien quelques portes de sortie, et avoir le loisir de lever le nez vers les Étoiles d'un ciel pur). En fait, j'imaginais Claire et moi entrer dans un tableau de Van Gogh, le champ de tournesols si possible, pénétrer dans la toile et se retrouver, ensemble, dans une autre réalité. Je ne sais pas si elle pouvait comprendre ce que je voulais lui dire, non qu'elle fût idiote, tant s'en faut, mais qu'elle était une femme avec ses obligations et ses engagements, et que je n'étais qu'un électron libre.

Un jour, plus exactement un petit matin après une nuit d'amour, Claire me dit que je ressemblais à Keith Richards. Jeune ou vieux, avec sa mèche rebelle et sa mine de chien battu ? À chacun sa vision, elle avait le droit de penser ce qui lui plaisait. Elle qui était aussi belle qu'une rose fraîche me demandait de me regarder dans la glace de notre salle de bains et de prendre ou ne pas prendre la décision de me raser, mais je ne savais pas quoi faire. Que souhaitait réellement cette charmante jeune femme ? Je ne pouvais plus rien faire de bon, Pygmalion au bout du rouleau, elle le savait bien et avait choisi la sécurité matérielle et affective, laissant juste traîner un effluve de parfum par humanisme, elle savait que cela suffisait à mon bonheur, à cette illusion lentement destructrice d'être aimée par cette ingrate.

Les jours d'orage, je l'imaginais avec celui qu'elle avait choisi pour l'existence normale. Furieux et malheureux, je la voyais entourée de sots et de mesquins, dans un confort triste et morne. Dionysos se tordait les mains de désespoir devant un tel gâchis, routine de l'ordre, mémoire qui flanche et peu à peu oublie l'amant exalté, strate rouge recouverte, volcan éteint, autocensure pour avoir la paix, mamelles délaissées qui s'affaissent et oublient mes caresses, jolie nuque qui perd la mémoire de mes baisers. Claire sentait bon, je la vis partir toute petite, mais je lui conservais une immense place, au cas où elle reviendrait. Installé sur ma terrasse, un verre d'Armagnac à la main, je contemplais la ville de Toulouse qui s'endormait, un curieux et véloce brouillard estompait l'architecture, j'avais mal aux yeux à force de scruter cette ombre féminine cruelle. Car, bien entendu, ici, point de jeune fille en fleurs, nous ne pouvions parler que de femmes dures et impitoyables, guerre des sexes et exigences impossibles, trahisons et mensonges, rapports de force et vengeances irrationnelles. Je rouvris mes yeux fatigués juste à l'instant où Claire agrafait son soutien-gorge blanc, enfermant sa poitrine ronde et douce, vision qui oscillait entre regrets et promesses ; dehors, un chien, peut-être même plusieurs, se mit à hurler à la mort, le combat allait être rude, il n'y aurait qu'un vainqueur.

Il fallait que je reprisse ma mission. Je déposai Claire chez elle et m'en allai, le cœur ferme, vers le pont dont j'avais la garde. Nos chefs ne nous avaient pas dit de quel côté devait venir l'attaque, ce qui ne nous simplifiait pas la tâche et rendait cette opération risquée du point de vue paranoïa. Nous entions sur les dents, sur la brèche, petits soldats de plomb, snipers gâtés car sans véritable guerre à mener, pas comme ces guerriers qui avaient rap- porté des souvenirs inhumains de batailles barbares. Je protégeais l'un des ponts de la Garonne, je me trouvais un peu ridicule dans cette position de tireur couché. La guerre à Toulouse était un scénario incroyable, cette ville respirait trop l'amour de l'autre pour avoir besoin de tireurs d'élite. Le soleil levant sur le fleuve était magnifique à contempler, une lumière incroyable qui rendait si belle cette cité mouvementée et attachante. Pour tromper le temps, nous écoutions de la musique sur nos baladeurs MP3. Chacun son style. Pour ma part, j'avais l'esprit large et des goûts éclectiques. La perspective musicale serait certainement le métissage, Toulouse était bien placée de ce point de vue, longue tradition d'accueil et de tolérance, je ne me faisais pas de souci pour elle et pour nous, ses habitants.

J'étais en train d'écouter une chanson des Beatles (*Everybody's got something to hide except for me and my monkey*) lorsque l'attaque fut déclenchée, brutale et douloureuse : j'y perdis une jambe. La douleur physique fut atroce, mais plus encore la perspective possible de perdre l'amour de Claire. Si cette femme se révélait incapable d'éprouver de la compassion pour un combattant infirme, *« happyness is a warn gun, mamma ».* Les avions noirs qui nous avaient fait tant de mal avaient déjà disparu dans le ciel, permettant aux véhicules de secours de nous évacuer vers l'hôpital Purpan, où des médecins compétents et des infirmières accortes nous prirent en charge. Au fond, je ne pouvais pas me plaindre de ce qui venait de m'arriver, car telle était la destinée du sniper, comme celle d'ailleurs du canonnier ou du général de brigade qui va sur le champ de bataille. Pourtant, dans le cadre de ma mélancolie assourdie par les anti-inflammatoires, je ne pus empêcher mon esprit de voguer vers les torrents de la vengeance, en songeant à ces lâches, lourdement armés, qui, en toute impunité, avaient pu nous blesser ou nous tuer. Nous n'entions que les gardiens d'un pont toulousain, nommés snipers par la grâce des arbalètes que nos dirigeants avaient placées dans nos mains, et il était alors tellement injuste de voir nos jambes broyées, nos mains brisées et nos esprits traumatisés, par ces bombes foudroyantes et douloureuses. Au fond, si j'aimais autant Claire, c'était aussi par incapacité de haïr.

Froid sur la ville. Claire avait dû mettre ses seins au chaud sous sa doudoune. Cela faisait longtemps, trop longtemps, que je n'avais point de ses nouvelles, ma muse me manquait. Solitude étrange et physiquement douloureuse, pointe au cœur, intervention médicale, analyse sanguine, délabrement physique alors que l'esprit restait vif et joyeux. Une ronde d'amis m'entourait, je remarquai les absents, mais prêtai surtout attention à ceux qui entaient là, il fallait se compter. Peut-être même que nous faisions pitié, à nous donner du courage en nous serrant les mains. Étrange hiver, calme plat sans tempête, vide intersidéral, je ne manquais pas la lecture d'un seul article de presse consacré à ce sujet, crise du néant ou de la quarantaine, difficulté d'être un artiste et de faire son numéro, liberté chérie.

Un immense mur blanc borde mon cerveau, l'une des onze portes s'ouvre silencieusement et apparaît le joli minois de ma dulcinée, son regard est malicieux et le geste de sa main qui m'invite à la suivre est élégant et tendre. Nous en avons bien besoin. Tout ceci ou tout cela n'est que de la littérature, récit glacé et lucide d'une autodestruction, histoire brûlante et inconsciente d'une souffrance subie, des mots pour saisir l'air du temps et les mensurations de Claire. Je n'avais pas tellement envie de rire après la crémation d'une connaissance proche, suicide par pendaison, corde autour du cou, décès incompréhensible, perte d'un futur ami, tristesse, spleen, quel était le rôle du pendu dans cette aventure ? Nous n'entions pas en train de jouer au tarot.

La belle Claire, compatissante et peut-être attirée, m'avait offert son cœur (enfin, je l'espérais et le croyais dur comme fer) et son corps, faisant de moi un homme heureux et comblé. Une absence totale de misogynie chez moi expliquait que cette relation amoureuse suffisait à mon bonheur. À chacun ses passions, les troubadours de l'an 2050 s'étaient adaptés, mais entaient toujours vivants. C'était plutôt une bonne nouvelle. Claire disait partout et à tout le monde qu'elle était heureuse avec moi, faisant de mon caprice obsessionnel une réalité affective durable et joliment romantique, la force de notre attachement faisait plaisir à voir. Tout restait à construire, mais l'histoire était déjà là, dans sa tête comme dans la mienne. Nos esprits communiquaient, nos pensées entaient proches, nos corps se connaissaient et s'appréciaient, Claire était une femme dans ma vie, et à l'inverse, j'étais devenu l'homme de sa vie, c'était un bonheur véritable et pratiquement imprévisible, car je partais de si bas. Parfaite égalité, vigueur du désir et profondeur des sentiments, c'était véritablement une belle histoire d'amour. La joie d'aimer et d'être aimé.

Je lus mes courriers cryptés sur ma messagerie professionnelle. Nouvelles missions, nouveaux objectifs, rien de romantique de ce côté – là, hommes machines, antihéros technologiques, nous étions verrouillés comme nos ordinateurs et en même temps, vulnérables à n'importe quel virus. Quelle désillusion, et en même temps, une autre passion, dangereuse et cynique, froide et dure, motivation, les dents serrées, le cœur à l'ouvrage, robots républicains, humanistes blindés, les yeux écarquillés, nous regardions le réel.

L'un des messages me demandait d'aller à Madrid. Je pris l'avion sans le moindre scrupule, aucun sentiment contradictoire ne pouvait agiter mon cerveau mobilisé. Même mes pensées entaient protégées contre toute captation de vibrations, nous entions parfaits, humains, je ne sais pas, utiles, je ne sais pas, cohérents et efficaces, je ne sais pas, mais nous entions là, petites vigies paranoïaques. Ce n'était pas la douceur du ventre de Claire, mais nous y prenions plaisir, sinon il eût été impossible de tenir. Difficile à définir, ce n'était pas l'auto persuasion d'une équipe de rugby, ni la valorisation psychologique d'un groupe de travail motivé, c'était autre chose, une sorte de crise de foie, un sentiment d'exister ainsi, sans même la reconnaissance extérieure qui existait si peu, une conviction, sans doute, des valeurs encadrées. Que pouvait-on trouver dans la tête des gens, qu'ils fussent professeur de biologie ou agent secret ? Question d'identité, nous n'étions pas des poètes, pourtant poètes, carnation et incarnation, surface et profondeur, dualité absolue fusionnée, synthèse transcendantale pour élévation, juste des numéros, la réalité dépassait la fiction. Etions-nous heureux ?

J'aimais bien Madrid ; j'avais un peu de temps devant moi, je déambulai dans la ville, m'arrêtai dans un café, je partageai quelques heures avec la foule espagnole, plaisir non dissimulé. Il est impossible de ne pas aimer l'Espagne. Comme sa cousine toulousaine. Ville étonnante, avec ses tribus et ses partages, sa tolérance et son goût de la liberté, sa générosité et sa beauté, sa profondeur et sa douceur...

Ce fut avec plaisir que je descendis de l'avion à l'aéroport Toulouse-Blagnac. En outre, j'étais prioritaire à cause de ma jambe de bois. Le temps était froid et sec, le ciel avait le même bleu qu'en été, simplement la lumière était moins camusienne. L'aérodrome fourmillait de jolies femmes, mais j'étais parfaitement fidèle à Claire. Elle, je ne sais pas ; elle était libre, d'une certaine manière, je n'étais pour elle qu'une étoile filante, une petite étincelle de rien du tout, elle ne devait pas penser souvent à moi, cela faisait quinze jours que j'attendais son courriel. Je n'étais pas découragé, pourtant je trouvais le temps long. Claire était assez éloignée de *La petite fille* de Nougaro, même si je la savais capable de sentiments forts. Elle se demandait parfois ce que je faisais avec ces torrents de mots, elle respectait mon ouvrage et se pliait avec grâce à la pose nécessaire. Elle me signifiait ainsi son intérêt, sa curiosité, voire son affection. Elle aurait peut-être préféré que je fusse compositeur, un plus grand clavier pour davantage d'émotion concentrée, la musique vient vers vous alors que vous devez aller vers le livre.

Claire était dure car elle avait beaucoup à perdre dans notre histoire, je la comprenais parfaitement. Ce qu'elle me donnait n'était pas suffisant, puisque je l'aimais tant, mais j'avais appris à m'en contenter, tel un bon amant raisonnablement enflammé, patient et inscrit dans la durée. J'aimais beaucoup Claire, je l'aurais voulue pour moi seul et tout le temps, j'aurais souhaité brûler la chandelle par les deux bouts. Claire m'avait appris la tempé- rance, la patience, une autre façon de désirer. Je m'étais adapté car je n'avais pas le choix et surtout je la respectais profondément, je l'aimais comme elle était, et je l'écoutais.

Air de piano pour jour de pluie, petit e-mail de Claire via le monde virtuel, silence des agneaux, le calme est revenu sur la petite planète par la grâce de quelques mots concédés par cette jeune et jolie femme. Romantisme et nostalgie faciles pour des jours d'hiver trop courts et trop longs, je manquais véritablement d'énergie pour être en mesure de la séduire durablement. Elle n'était pas indifférente, première constatation heureuse, mais que de chemin à parcourir avant d'atteindre l'hymen ; manque d'énergie, oui, car il me semblait à cette époque que l'on ne pouvait jamais en faire assez pour séduire une femme. Que d'obstacles, que d'obstacles, pour paraphraser Mac Mahon. Assise, elle appuya sa jolie tête sur ses genoux repliés et me demanda très sérieusement où je voulais en venir avec tout ce cirque comique. En effet, j'avais déjà obtenu à moult reprises ses faveurs, je pouvais être certain de son amour sincère, profond et serein, de sa complicité affectueuse et solide, que pouvais-je désirer de plus ? Docte, je lui répondis : « la liberté d'expression ». Voilà. C'était une bonne idée. L'on pouvait tout dire, tout écrire, ou presque, sans s'exposer aux risques imbéciles ou malveillants, l'on pouvait être maladroit, pataud ou fantaisiste, sans que les corbeaux courroucés vous flagellent jusqu'à ce que règne l'ordre immobile.

J'avais choisi un angle d'exposition fort modeste en m'appuyant sur les seins de Claire, afin d'illustrer un sujet aussi important que la liberté d'expression, mais soyons honnêtes jusqu'au bout : tout ceci n'est que de la littérature, c'est-à-dire le droit de raconter une histoire et d'enfiler des mots le long de pages blanches. Je n'étais pas qualifié pour parler de sujets plus graves, comme l'affaire Calas ou pire encore. Enfin, j'avais envie d'écrire mon amour pour Claire. Il ne pouvait pas être interdit d'aimer cette femme. Certes, mon amour n'était pas silencieux, puisqu'il voyageait par ces mots que j'alignais sur mon clavier, et il pouvait donc gêner. Les souffrances silencieuses sont bien moins désagréables pour autrui, alors que mes miaulements et mes cercles amoureux autour de la belle pouvaient être observés par quelqu'un d'attentif. Pour la belle Claire, je m'étais octroyé 91 033 caractères d'imprimerie, je n'étais là qu'à dix pour cent de mon livre *M*. (*M*. pour aime), une petite idiote qui se joue de moi et, flattée, attend la ligne suivante.

La neige allait arriver sur Toulouse dans les prochaines heures et je pensai aux neiges du Kilimandjaro qui me ramenaient aux mamelons sublimes de ma douce adorée. J'étais grippé, entre deux missions au repos dans ma petite maison et pas encore agrippé à ces tétons diaboliques qui me faisaient perdre la tête. Claire me sourit tendrement, elle me trouvait parfois puéril, elle avait bien raison, beaucoup trop sensible, elle avait parfaitement raison, elle se demandait pourquoi je voulais écrire des livres qui n'entaient pas tellement lus, et franchement, ajouta-t-elle en faisant les yeux ronds, qu'est-ce qu'un livre par rapport à un trou noir dans l'univers ? Quels que soient le talent ou l'énergie d'un bouquin, le trou noir est toujours gagnant. La bougresse avait raison. En alignant mes mots misérables, je passais à côté de l'essentiel, j'aurais dû suivre le chemin de mon ami d'enfance qui avait épousé, enfants, maison, jardin, piscine et toutes les normes ad hoc de la classe moyenne contemporaine. Pourquoi me compliquer l'existence avec des rêves comme des livres ou des jolies filles comme Claire ? La jolie fille en question se leva et me fit boire du paracétamol effervescent.

– Mon pauvre garçon, me dit-elle d'une voix douce, il ne faut pas te mettre dans des états pareils. La vie est courte.

– C'est pourquoi elle doit être intense, lui répondis-je du tac au tac.

– En suis-je capable ? Pourquoi es-tu persuadé que je suis ta muse ? C'est complètement artificiel. Tu m'uses et tu m'amuses, tu abuses.

– Non, je te le promets.

Il se dégageait de ce bref entretien que la belle Claire était parfois dubitative et sur notre histoire d'amour et sur l'intérêt du livre qui allait de pair. J'étais étonné et ennuyé par ce découragement que j'espérais momentané et dont je ne comprenais pas la cause : à cause de mes insuffisances ? Était-elle attirée par un autre homme ? Doute d'une femme jeune et jolie qui a droit à toutes les promesses de l'existence, et qui doit s'encombrer par sentiment d'un agent secret unijambiste et grippé ? Quand on aime vraiment, on se dit qu'on n'a pas le droit d'être égoïste, mais n'est pas Cyrano qui veut. J'aurais voulu lui offrir l'immense roman d'amour pour la femme idéale (qu'elle n'était pas, heureusement), je ne construisais sans doute qu'un laborieux roman pour abréger le temps d'un voyage, indigne de la belle et de mon émoi – et de mon ego – profond.

Je rédigeai une courte nouvelle maniaco-dépressive là où il aurait fallu un torrent de boue pour faire éclore la plus belle des roses ; petite imprimante à jet d'encre pour amour fou et puissant, l'époque n'avait plus les bons outils. Je lui avouai mon dessein, elle me répondit par un éclat de rire en citant la chanson : *J'aurais tellement voulu être un artiste...*, elle ne prenait vraiment pas la situation au tragique, elle avait envie de faire la fête et de faire l'amour, elle avait envie d'être aimée, et puis, après tout, si le livre *M* n'était finalement qu'un livre de poche et une pochade sentimentale, il aurait au moins le mérite d'exister et prouverait au monde la réalité de notre histoire d'amour, au moins tant que la planète Terre ne serait pas engloutie par un méchant trou noir. C.Q.F.D. Cette fille me simplifiait la vie. Merci, Claire.

Le seul trou noir littéraire vraiment dangereux que je connaissais avait été signalé par Primo Levi, quelques mois avant son suicide : un article publié dans *La Stampa*, contre la tentation de relativiser la solution finale, et intitulé « Trou noir d'Auschwitz ». Impossible d'écrire comme avant, affaiblissement durable de l'humanisme européen, devoir de mémoire, qui n'est pas seulement un sujet d'histoire théorique, mais une action permanente. Ceux qui n'ont pas véritablement souffert de la barbarie nazie ne peuvent évidemment pas comprendre la douleur absolue des victimes, mais ils peuvent lire, regarder les films, parler avec des survivants ou leurs enfants, combattre les ennemis de la démocratie, ils doivent faire l'effort. Peut-être que le pendu qui avait surgi, je ne sais comment, dans mon histoire, avait voulu nous rappeler que la liberté et la paix ont un prix. Et tant mieux si j'écrivais des évidences.

Claire partageait mon avis, et me promit de réfléchir encore et encore. Nous en reparlerions. Je la contemplai de mes yeux fatigués en songeant à la chanson de Brassens, *Cette fille est trop vilaine, il me la faut...*, j'étais amoureux d'elle à en souffrir, j'aurais voulu la voir s'enlaidir pour ne plus avoir peur de la perdre, car je ne comprenais pas comment une aussi jolie femme pouvait rester amoureuse d'un pauvre unijambiste.

Peut-être pour la millième fois, je me mis ensuite à dégrafer furieusement son corsage, pour faire vibrer jusqu'à l'incandescence son corps sage de Claire, prélude de ce qu'a de mieux à faire un homme et une femme. Tout avait commencé entre nous par mon attirance foudroyante pour sa paire de seins, sacrés et consacrés plus belle poitrine au sud de la Garonne. Et notre histoire s'était prolongée de multiples manières, ce qui prouvait qu'un coup de foudre pouvait être juste et sincère, et donner naissance à une longue et heureuse histoire d'amour, comme dans les contes de fées. Claire, la jolie petite princesse, et moi dont ses seins comme des paratonnerres attiraient la foudre de mes regards. Un conte de fées qu'elle ne prenait certainement pas au sérieux, elle ne pouvait pas à cause de ses nombreuses obligations de femme, elle n'avait pas de temps à perdre avec un troubadour non identifié comme il en existe des milliers dans les campagnes du sud-ouest, et pourtant, elle était là, à mes côtés.

– Rassure-moi, me dit-elle, c'est pour rire ?

– Oui, oui, ne t'inquiète surtout pas, je ne vais pas me transformer en prince charmant.

Pourtant, nous faisions souvent l'amour et c'était très bien. Quel mystère.

Hélas, venait toujours le moment fatal où elle devait partir retrouver son mari, et moi ma mission d'agent secret. Mon destrier blanc se leva sur ses pattes arrière, je saluai ma belle en levant d'un geste ample mon chapeau noir vers le ciel, et elle me répondit en disant que Don Quichotte était parti en direction du nord de la ville. Ignorant l'allusion à la surcharge pondérale pour ne retenir que l'humour de la belle, je galopai alors vers de nouvelles aventures, le cœur et le corps légers ; mais déjà, Claire me manquait, la douceur de sa peau, la douceur de son regard.

Pourquoi restait-elle avec son mari ? Le confort, une autre forme d'amour, la règle sociale, les enfants, l'appartement dans les Pyrénées, ou peut-être le fait qu'elle ne m'aimait pas suffisamment.

J'éloignai de mon esprit ces interrogations funestes et douloureuses pour me concentrer sur ma nouvelle mission, une véritable opération commando sur une petite organisation quasi-sectaire fondée sur la loi du plus fort, du plus riche et du plus beau. Exactement le contraire de ce que j'étais, je ne représentais a priori aucun risque pour le chef du groupe. Je pus ainsi passer les barrages d'identification et leur voler leur réserve de chocolat chaud, ce qui en cette période de l'année représentait une action de déstabilisation extrêmement puissante. Leur réaction fut violente et agressive, c'était dans leur nature, mais j'avais accompli mon objectif, ils n'avaient plus de chocolat chaud, que j'allai immédiatement offrir à une organisation caritative, pour l'Asie, pour l'Afrique, pour ceux qui en avaient vraiment besoin, puis je repartis dans une chaise roulante, car, dans l'opération, j'avais perdu ma seconde jambe. Claire allait être furieuse. C'étaient les risques de mon métier, certes, mais il ne fallait tout de même pas trop démolir son amoureux. Inutile de larmoyer trop tôt, elle n'était pas encore informée ; de toute façon, dans mon métier d'homme de l'ombre, tout restait secret, même les jambes en moins. J'obtins quelques jours de congés supplémentaires pour apprendre à me servir de ma chaise roulante, puis je retournai sur un pont toulousain effectuer une mission de routine. La période fut tranquille, pas de méchants avions noirs cette fois-ci, la ville célébrait plutôt la naissance d'un gros avion blanc, espoir de vie d'une région et réussite technologique devant laquelle je me sentais redevenir un petit garçon émerveillé.

L'ambiance sur le pont était fraîche uniquement à cause de la météorologie hivernale, les premiers flocons puis le blanc-manteau, les rives de la Garonne en hiver et toutes les cartes postales habituelles. Des filles emmitouflées vinrent soutenir le moral des troupes en nous lançant des boules de neige accompagnées de rires cristallins, mais elles ne résistèrent pas longtemps au froid vif et nous nous mîmes à jouer aux cartes en buvant des bouteilles de vin offertes par notre commanditaire. J'avais parfois une pointe de nostalgie en pensant à celle qui était loin, mais l'ambiance chaleureuse et amicale de mes alter ego balayait rapidement ces états d'âme. Avec un peu d'humanité, la vie pouvait être belle partout. L'enfer n'existait pas. Même cette guerre que nous menions, jusqu'à garder les ponts de Toulouse, n'existait pas.

Claire n'avait aucune existence légale, elle non plus, mais aucune femme ne l'égalait à mes yeux, notre union n'était pas reconnue par un acte civil, et la femme prénommée Claire, ce mythe puissant et porteur, ce corps somptueux tant de fois désiré et caressé, cette ligne d'horizon si souvent traversée, cette voix et ces yeux, ces seins magnifiques n'avaient existé que dans mon imagination de petit gardien du pont. Claire n'existait plus, et mes jambes non plus. Voilà, moins j'étais libre, plus Claire l'était, principe des vases communicants, mais sans amour ; est-ce mieux ainsi ? Sans lui faire trop confiance ni la placer sur un piédestal, car je la connaissais bien, je la savais capable de sentimentalisme et en conséquence d'aimer un homme en chaise roulante au point de lui sacrifier son entière liberté, et cela, je ne le voulais pas.

Elle n'était pas ma femme. C'était celle d'un autre. Elle avait choisi une aventure romantique et romanesque avec un héros des services secrets, c'était une décision tout à fait respectable, mais il y avait des limites. Il n'est pas possible de tout accepter ni de tout sacrifier à l'amour. En plus, nous n'entions pas très bien payés, souvent absents, et ma chaise roulante démontrait que nous prenions des risques physiques et mentaux importants. Une jeune femme pouvait souhaiter mieux. Généralement, en réponse à ce genre d'arguments, elle me répondait avec un regard transparent qu'elle était amoureuse de moi, ce qui me rendait très heureux.

– Un coup de blues, man ?

Le gars qui me posait cette question perspicace, un Noir américain venu en renfort des vieux grognards napoléoniens, me tendit une bouteille de whisky, du chewing-gum, une tablette de chocolat, me proposa une partie de poker, des photographies d'actrices américaines blondes et nues, des CD-Rom de jazz introuvables en France. Franchement, je me serais cru à la Libération de Toulouse en 1944. De souvenirs de guerres en cigarettes – américaines –, nous en arrivâmes rapidement à fraterniser sérieusement et lorsque fut terminé notre tour de garde du pont, nous partîmes naturellement nous arsouiller dans des bars louches de la nuit toulousaine. L'ambiance était formidable, notre équipe GI plus fauteuil à roulettes avait énormément de succès, les filles de joie nous applaudissaient, les types nous payaient à boire et nous n'arrêtions pas de chanter à tue-tête, lui plutôt des morceaux de blues et de rock, moi du Brassens et du Ferré, mais nous nous entendions bien. Un souvenir extraordinaire. Très tard dans la nuit, nous dévalâmes l'avenue de la Garonnette, Martin poussant à fond ma chaise roulante pour fuir l'arrestation par la police militaire, après une bagarre avec des individus éméchés qui nous avaient traités d'Américains, ce qui n'était qu'à moitié véridique. Cette guerre avait de bons moments.

Nous échouâmes sur le quai de Tounis, à contempler la Garonne, chacun avec nos rêves. Martin se mit à jouer de l'harmonica, il semblait nostalgique, sa Claire devait être bien loin, la mienne aussi. Nous entions vraiment des caricatures archaïques et pourtant nous nous entions vus confier la garde du pont toulousain, alors que lui était né à New York et moi à Paris. La situation semblait un peu absurde. Cependant, ce qui comptait au milieu de cette tristesse de deux petits soldats, c'était le zeste d'humanité, seule la Garonne était capable de ce genre de phénomène. Je demandai à Martin s'il aimait Toulouse, il me répondit qu'il était là uniquement pour gagner sa vie et défendre la liberté dans le monde, un vrai GI en somme. Il n'était pas possible de faire des réponses aussi simples quand on travaillait dans les services secrets, nous n'entions pas dans le même domaine, Martin et moi ; cela n'avait aucune importance, nous entions devenus amis.

La fatigue nous prit dans ses bras, il était temps. Martin nous ramena, ma chaise roulante et moi, jusqu'à mon domicile toulousain avant de regagner sa caserne. Je m'effondrai dans le sommeil sans même prendre le temps de regarder si Claire m'avait envoyé un courriel. Je fis de beaux rêves de liberté, d'Amérique, de fraternité universelle, de paix dans le monde, de toute façon ce concept de liberté était extrêmement large et subjectif. Tadeusz Kantor avait parlé de la liberté de l'art : « La liberté existe en nous, nous devons lutter pour la liberté, seuls avec nous-mêmes, dans notre plus intime intérieur, dans la solitude et la souffrance. C'est la matière la plus délicate de la sphère de l'esprit. » Avis beau et puissant. Mais le gribouillis d'amour que j'étais en train de rédiger pour la belle Claire était-il beau ? Je n'étais pas un homme délicat, plutôt rude et maladroit, or je m'étais amouraché de la plus belle et sensible des femmes de la région Midi-Pyrénées, l'exercice était difficile, un équilibriste sur un fil. Au moins était-elle sensible à mes efforts ?

Syndrome de Quasimodo, espoir immature que l'on pouvait être aimé d'une femme d'un autre monde, malgré nos différences et nos existences parallèles. Grâce à la douceur et la hauteur de Claire, je pouvais vivre cet amour sans frustration, je pouvais croire aux tours de magie et ai la joie de me sentir un être humain. Ce Livre Maudit avait pour ambition principale de chanter les louanges de la belle Claire, qui avait mérité cet hommage enflammé et respectueux.

Lorsque j'étais jeune et large d'épaules, j'aimais courir sur un terrain de rugby, il m'en restait certainement le défaut de bousculer sans vouloir faire autre chose que de passer ou attraper un ballon ovale. Les valeurs de fraternité n'appartiennent pas qu'au rugby, mais ce sport façonne indéniablement les caractères dans le bon sens. Aujourd'hui, agent secret usé par de bons et loyaux services, je ne pouvais que bousculer les mots sur des pages blanches, je ne m'en plaignais pas car ils entaient d'une compagnie fort agréable, et me permettaient d'écrire toute l'importance de mes sentiments pour Claire. Cependant, cette ivresse du vocabulaire et de la phrase qui roule comme un torrent pyrénéen ne me faisait pas oublier l'objectif majeur : plaire à la belle, lui exprimer mon désir et ma tendresse, lui témoigner mon affection et lui offrir avec maladresse cette rose rustique mais solide. Si elle n'en tenait pas compte, tant pis pour moi, les agents secrets avaient l'habitude de l'ingratitude et de la solitude ; si au contraire elle m'offrait un tant soit peu son amour, alors le ciel d'hiver s'embellissait d'un magnifique arc-en-ciel, arc bandé, bien entendu et bien volontiers.

Le lendemain matin, alors que j'étais en train de me raser, j'eus la surprise de voir Claire entrer par la fenêtre de la salle de bains. La douce m'apportait des croissants et venait aux nouvelles. Elle était tout de blanc vêtue, virginale, d'humeur joyeuse et câline. Nous avons partagé un petit-déjeuner complice, et je lui fis part de mes doutes sur l'inaccessible beauté que je souhaitais lui offrir avec ce bouquet de plumes de paon. Elle me répondit que j'étais bien trop torturé, aussi ennuyeux et sérieux qu'un vieil instituteur de la Troisième République, et qu'elle aimait tout simplement la couleur de mes yeux. Puis elle mit de la musique et m'invita à danser, ce qui n'était pas évident à faire en chaise roulante, mais nous y parvînmes sans difficulté, grâce à la force de l'amour qui nous liait. Car il était indéniable que j'étais roué et doué pour la faire tourner en rond de serviette, j'étais le maître du kamasoutra dans tous ses états.

Au fond, ce que j'aimais chez Claire, c'était une forme de haute-fidélité. Au-delà du guet-apens et du paradoxe apparent d'une situation qui faisait de nous des amants par le biais de l'infidélité, Claire m'offrait l'assurance d'un sentiment vrai et fiable, loin de toute hypocrisie. Le temps que nous partagions était véritable et authentique, notre liaison profonde, durable et spéléologique comme le gouffre de Padirac. Ce que nous vivions ensemble d'une façon apparemment épisodique et friponne, et en vérité permanente, grandissait au fil du temps, une certitude fondée sur une attirance partagée, un pacte aussi beau que ses seins. Faire l'amour à Claire est un magnifique cadeau de l'existence, échanger avec elle dans le cadre de cette histoire secrète et presque interdite un plaisir incommensurable, mais plus encore c'était la conviction que deux entres avaient su créer leur propre espace de liberté et de complicité, qu'un homme et une femme avaient su bâtir un jardin secret, comme dans toutes les belles histoires d'amour. Fusion des corps et partage des valeurs, même regard sur la vie, sa médiocrité et ses incompréhensions, ses verrous et ses conformismes, même intuition qu'autre chose pouvait se vivre, et que nous avions choisi de le faire ensemble. Le cynique ou le blasé ne verra là qu'une dimension fleur bleue, aveugle du véritable amour vécu par Claire et moi.

Un autre sceptique posera la question du sens : le sens de l'amour avec Claire ? La question pouvait rester sans réponse au bout du compte. Quel sens pouvait-on donner à l'envoi de dizaines de milliers de signes topographiques, et même phonogrammiques avec tous ces mâchouillis de mots, pour signifier un sentiment amoureux ? Aucun sens, non, vraiment, désolé, l'on pouvait aimer sans raison, je n'avais aucune raison valable d'aimer et d'être aimé par Claire, je ne pouvais pas l'expliquer, je pouvais juste naviguer au gré des pages blanches de ce livre *M*, ce livre mystérieux, magique et libre comme l'air, léger comme l'air, un livre pour Claire, un cadeau qu'elle avait accepté avec beaucoup de grâce et de tendresse. Même si tout ceci est parfaitement inutile et non rentable.

Un air de jazz pour oublier le succès de notre dernière mission, ramener la paix à bord d'un tank, *Good bye cruel world* avaient chanté les Pink Floyd à notre génération vieillissante et pourtant pleine d'avenir. Ella Fitzgerald nous entraînait dans son rythme. Un de ces jours, il faudra arrêter le manège de la place Saint-Georges à Toulouse pour faire une bonne révision et repartir pour un tour. En attendant, j'avais le sourire et l'amour de Claire. Je montrai à la belle un courriel envoyé par un ami qui avait lu le début du livre *M*, volée de bois vert amical pour tirer l'ouvrage vers le haut. Extraits : « Tu dissimules ton angoisse et tes douleurs sur un mode badin qui ne laisse rien entrevoir des déchirures possibles » ; « Tu écris sur un mode verbal de conversation, tu refuses toute image, ce qui rend le style monotone et surtout sans point fort. Si tu veux rester dans le quotidien, il faut que ce quotidien soit présent comme une grêle, sans cesse relancer, secouer ;

fais apparaître le décalage des choses, le fantastique. Il faut réécrire vingt fois une phrase et ne pas écrire comme on parle ; évite les clichés, les répétitions sauf pour scander (sans scandaliser), les constatations banales. Écrire, c'est métamorphoser le quotidien en petite éternité, non en histoire de terrasses de bar pleines de baratin. Ne cache pas ta fragilité derrière tes génitoires, rompt la monotonie du récit par des points forts, des ancrages ; pas de style Arlequin, pas de mièvrerie ; il faut intéresser l'autre, le capter donc le déranger », etc. J'étais diablement ennuyé par ce courriel, qui m'avait empêché d'écrire pendant trois jours. Claire lut l'avis en hochant la tête ; elle savait bien que le point fort de mon récit, c'étaient ses seins, doux et beaux comme des collines de Gascogne. Elle avait compris mon dessein pour sa poitrine et que je traçais mes caresses sur son buste par ces quelques mots offerts, une longue histoire avec queue et tète pour une chronique amoureuse qui n'avait ni sens ni interdits. Pas de limites. Il est interdit d'interdire. Peut-être alors que cet ouvrage patiemment et calmement réalisé ne pouvait être destiné qu'à une seule personne dans le monde. Claire ne partageait pas mon pessimisme.

Ni Dieu ni maître, même en littérature. Pourtant, mon panthéon littéraire était vaste et beau, mais il fallait s'affranchir, n'être qu'un gros caillou aux angles rugueux, puis travailler jusqu'à réaliser un bel objet à déposer aux pieds de la belle. Considérablement affaibli par mes dernières missions, je me raccrochais à

Claire comme un noyé à une bouée et elle, pure et généreuse, me tendait les bras et me maintenait la tête hors de l'eau. Pouvoir d'une femme. Certes, je m'étais épuisé à nager à contre-courant et je ne pouvais ne m'en prendre qu'à moi finalement. En outre, les vieillards sages que j'avais interrogés sur les mystères de l'existence m'avaient répondu à côté, ce qui m'avait mis en rage. Au même moment, des milliers de jeunes défilaient dans les rues de Toulouse pour réclamer une vie meilleure. Notre société devenait absurde et manquait beaucoup de générosité et de solidarité. Je fermai les yeux et restai silencieux, laissant Claire me ramener vers des rives souriantes.

Songeant à la critique acerbe du premier tiers de mon poème en prose, je lui demandai si elle trouvait que mes sentiments amoureux manquaient d'agressivité et de force. Elle me répondit que je me posais trop de questions, le sentiment d'amour ne se juge pas. Nous nous embrassâmes longuement, puis nous partîmes nous promener dans la campagne toulousaine. La Haute-Garonne était encore engourdie par l'hiver, mais le soleil et le ciel bleu promettaient déjà les beaux jours. La Haute-Garonne : une ville immense, Toulouse, plantée au milieu d'un département qui partageait son territoire entre villes à taille humaine, charmants villages languedociens ou gascons, paysages agricoles magnifiques et reposants, et même les Pyrénées, notre montagne fidèle. Le massif montagneux possédait une force et une beauté extraordinaires, j'y étais très attaché et m'y rendais régulièrement. Hors du temps, les Pyrénées reconnaissaient leurs amis.

Voilà comment se terminait l'aventure, voilà ce qui apparaissait au bout du chemin commun avec Claire : un tas de cailloux, car après tout, qu'est-ce qu'une montagne ? Des pierres empilées, et sur ces Pyrénées fraternelles, je bâtirai le petit temple païen dans lequel je célébrerai longtemps le culte de ma déesse, ma dame blanche qui savait accompagner mon passage douloureux vers une autre phase de l'existence humaine. Grâce lui soit rendue, éternellement.

Et après ? Au fond, c'était toujours la même histoire de statue à ériger, même pas un symbole phallique ému par le ventre entonnant de la belle Claire, plutôt cette trace dérisoire, statues afghanes adoptées par le patrimoine de l'humanité, statue d'Henri IV le bon roi du Sud-Ouest, Jean Jaurès, Baudelaire et encore Lautréamont, et puis la petite sirène de Copenhague.

Claire, petite lumière dans la nuit sombre de mes sentiments éperdus, sifflotait un air de jazz pour m'indiquer la marche à suivre. Je pris ma voiture et partis pour ce bon vieux pays basque, direction Hendaye. Le printemps aquitain permettait déjà une marche apaisante sur la plage. Je me mis à créer une sculpture de sable, en modelant particulièrement mon obsession du moment, la jolie petite poitrine de Claire. Le résultat était charmant, un hommage un peu puéril, retour à l'enfance nourricière, vers cette terre Gaïa qui promet tant et donne si peu, mais empli de grande tendresse envers cette jeune femme qui avait évité au bateau de sombrer.

L'écriture n'est qu'un long mensonge, une reconstruction, un tricotage dont on est l'otage, me remémorai-je en regagnant la ville de Toulouse, dans la Haute-Garonne. Pour ce faire, je longeai naturellement les Pyrénées. Vie réelle, vie rêvée, tout se mélangeait dans ma tête d'amoureux, mais les rares aphorismes que j'avais pu produire dans ma modeste existence me laissaient loin de la folie de Nietzsche – *sed nihil obstat*. La solution consistait sans doute à perdre mon temps dans des cafés ou bien à surfer sur Internet, à la recherche de l'esprit universel. Ou alors m'engager dans la Légion étrangère, mettre des cailloux ronds dans ma bouche pour parler plus fort que les vagues de l'océan, oublier Claire, enfin, ultime solution, fin de l'univers connu, basculement incontrôlé dans une autre dimension. Mais je n'osais pas, je m'accrochais désespérément à ma petite muse, qui se laissait faire bien volontiers. J'avais pleinement conscience de mes angoisses mesquines de guerrier petit-bourgeois, au fond de moi, je vomissais mon confort relatif et nécessaire, j'avais un peu honte de ce que je possédais alors que tant manquait à d'autres, sans faire de misérabilisme démagogique, j'étais lucide sur ma chance.

Certes, comme je n'avais pas été extrêmement raisonnable selon les termes des normes médicalisées, mon corps me faisait déjà souffrir et je pensais alors à refugier mon esprit dans l'encyclopédie, à toutes fins utiles. J'étais donc prêt à battre ma coulpe, malgré l'indulgence de Claire, de ma famille et de mes amis, et au-delà de quelques sursauts d'orgueil bien compréhensibles humainement, je me sentais mûr pour une existence matérialiste et athée où quelques valeurs sacrées mais non dogmatiques baliseraient un chemin bordé de pétales de roses. Au terme, la mort bien sûr, sous la forme heureuse de la dame blanche ici célébrée, sur un fond de musique mozartienne, oui, le requiem m'émouvait, c'était terriblement classique, mais je revendiquais mon droit aux cendres s'envolant dans le ciel bleu, portées par un vent léger pour finalement se poser sur une terre aimée.

Je m'étais trouvé devant le Mur de Jérusalem, le cerveau et le cœur emplis de pensées pacifiques et sereines. Indicible force et douceur de ces lieux, questions différentes et perspectives nouvelles, folie et sagesse sont les deux colonnes du temple de Salomon que cherche inlassablement à construire la pauvre humanité poussée par le désir de vivre. À ce stade, Claire et moi n'entions que deux grains de sable du désert.

– Tu me fais penser à Cyrano après le coup de tuile sur la tête ! me dit la belle en souriant.

La réflexion était intéressante, car un peu comme l'être humain qui voit la mort approcher à grande vitesse, je sentais les bribes d'une culture étiolée et minuscule se télescoper à la sortie de ma mémoire, comme si se produisait une bataille féroce et presque désespérée de neurones. Mais, effluves espagnols obligés à Toulouse, je songeais plus volontiers à Don Quichotte.

À la limite, c'était plus valorisant, encore que je ne savais plus vraiment, mais cette confusion n'avait guère d'importance et après tout, faisait tout le charme de la construction en cours de l'Europe.

– Oh, mon chevalier blanc, tu ne vas pas consacrer ton existence à me conquérir ? s'inquiéta la damoiselle, fort attentionnée.

Que répondre à une telle question ? Synthèse du désir occitan, quête du Graal amoureux qui avait toute sa légitimité et que j'estimais en toute bonne foi parfaitement respectable. Si l'amour créait du désordre, tant mieux, et la société devait l'accepter sous peine d'une robotisation et d'une informatisation globales. Tel était le fond de ma pensée au début du nouveau millénaire. Et ce n'était pas une misérable justification de débordements amoureux tout compte fait fort raisonnables, mais presque une vision prophétique à l'échelle de mes sentiments pour Claire. Cette dernière ne mettait d'ailleurs pas en doute l'énormité de mes sentiments pour elle, et en partie m'aimait pour cette raison.

Cela entant, cette femme valait davantage et voulait plus. Je m'accrochais à ses seins magnifiques pour ne pas perdre la tête, je plongeais dans son corps pour mériter l'attention de son esprit, ce n'était pas toujours facile, mais je faisais avec les moyens que la génétique m'avait octroyés. Et Claire ne s'en plaignait jamais, nous entions d'ailleurs devenus ce qu'il faut bien appeler de vieux amants à l'abri d'une immense horloge. Elle tricotait, je lisais le journal, le chat ronronnait près de l'âtre et le soleil souriait après avoir dévoré le dernier Icare en date qui n'avait rien compris au bonheur.

Pour l'impressionner davantage, il fallait sans doute que je devienne musicien, que j'écrivisse une chanson avec des paroles belles et fortes et une mélodie inoubliable. Parfois, l'amour était difficile à vivre. Mais nous ne pouvions en rester là, il fallait progresser encore. J'allais devoir bousculer les murs et transgresser mes limites, mais Claire le méritait. En tout cas, je voyais les choses ainsi. J'allais bien sûr lui demander son avis, mais je savais déjà que j'allais obtenir une réponse positive, que pour moi ses lèvres ne se fermeraient jamais.

Exercice de style et hommage à la plus belle paire de seins au sud de la Garonne, roman sans histoire mais avec les cinq voyelles pour l'une des filles les plus sympathiques rencontrées lors de mon existence d'être humain. Révolte du désir dans une petite planète aseptisée. Démonstration de force impressionnante, impressions de la belle Claire sous l'avalanche de mes sentiments.

– Tu veux m'impressionner, les garçons doivent impressionner les filles pour les séduire, me dit-elle. Les filles sont pures et honnêtes, leurs jupes légères laissent parfois apparaître leurs jambes prometteuses, les clefs de leur cœur sont complexes et solides, les filles sont des gens bien.

Là, elle exagérait et renversait les rôles, c'était moi l'écrivain. Son rôle était d'ouvrir des grands yeux étonnés, sans la moindre ironie et avec une grande naïveté. J'étais persuadé que Claire avait raison. Notre complicité charnelle allait de pair avec une osmose intellectuelle dynamique, qui faisait de nous le couple de l'année. Elle et moi en couverture d'un magazine médiatique, main dans la main, elle à droite et moi à gauche, souriant à la vie et montrant l'exemple aux jeunes générations. Oui, le bonheur est possible, oui les femmes et les hommes s'aiment encore, message même pas subliminal envoyé au reste du monde.

Nous n'avions plus qu'à monter dans le nouvel avion lancé en fanfare à Toulouse. Le jour où je suis en train d'écrire ces lignes, le bel A 380 a pris son envol, je l'ai vu de mes propres yeux. Un avion blanc avec des ailes, magnifique, dans un ciel bleu. Airbus porte les espoirs d'une ville et d'une région. Ce qui faisait la force de la ville de Toulouse, c'était la réalité de ses clichés, le rugby, les avions et les satellites, Claude Nougaro, la brique rose, l'esprit toulousain, libre et tolérant, vraiment une cité incroyable. Trop d'affectif altérait certainement la valeur de mon jugement, me disais-je dans des moments de lucidité ou de déprime, et je n'aimais pas que Toulouse, ce n'était pas possible. Une passion exclusive serait mortelle et parfois je lorgnais ailleurs, et puis mes racines gasconnes, mes origines multiples et variées qui faisaient de mon corps et de mon cerveau le creuset de l'Europe, et cette chanson de Brassens qui nous apprenait à toujours aimer ce qui vient d'ailleurs. Perdant mes repères, ce qui est le lot des poètes, je me devais de demander à Claire ce qu'elle aimait en moi. Mon accent toulousain ? Ma force de travail ? Mon humanité ?

Elle me répondit qu'elle aimait faire l'amour avec moi, et qu'elle appréciait la lecture de mes livres. Le pragmatisme féminin était indéniable et finalement rassurant, même s'il ne comblait pas toujours le désir d'aventures des chevaliers. Voilà. J'avais tout dit. Elle me prit doucement par la main et me proposa d'une voix tendre une promenade dans le Lot, ce si joli département voisin de la Dordogne. Claire savait être douce avec moi à bon escient. J'acceptai son invitation et nous partîmes gaiement dans ma vieille voiture par l'autoroute de Bordeaux, car nous n'avions que la journée à consacrer à cette promenade printanière et les chemins de traverse n'entaient pas adaptés à notre vitesse, cette fois-ci du moins. Pour des raisons sentimentales profondes, j'avais une nette préférence pour le Gers, mais appréciais les autres destinations. J'étais par conséquent de bonne humeur en arrivant à Cahors. Nous visitâmes la ville en amoureux, ne regardant rien et contemplant tout, car nous souhaitions simplement être ensemble, partager ce moment. J'étais tout simplement heureux de la proximité de la poitrine désirée.

Cahors se prêtait merveilleusement bien à cet état d'esprit. En plein hommage à une paire de seins, sainte-Nitouche, calembour amoureux, thérapie grossière pour séducteur en gros sabots, mais je n'étais pas un ingrat, et la jolie petite Claire assumait son rôle avec détermination, charitable et courageuse jeune femme, infirmière obstinée et vaillante. Chapeau bas ! J'étais non seulement amoureux mais admiratif. Et redevable. Claire et moi, c'était pour la vie.

Vingt ans après, je traînais mes guêtres dans un concert de Bernard Lavilliers à Montauban. J'aimais bien cette ville, l'un des fiefs protestants de la région Midi-Pyrénées, architecture magnifique, gens sympathiques et discrets, vraiment une belle cité. Une foule joyeuse papillonnait entre la salle où se produisait l'artiste et le parvis avec les buvettes, petit vin blanc de derrière les tonnelles et les fagots, sandwichs à la saucisse de Toulouse et au magret, bonne humeur populaire, respect des autres, tout simplement un concert de Bernard Lavilliers.

Une fille s'approcha de moi, une jolie petite brune souriante, elle avait un petit panier en osier avec des cultures de son jardin et elle m'offrit un radis, que j'acceptai bien volontiers. Crucifère aimable pour une soirée de printemps, Lucifer et crucifixion, le radis rouge et blanc alla dans la poche de mon blouson de cuir pour être croqué à une date ultérieure. Peut-être au festival de blues de Cahors, l'été suivant. En attendant, j'étais à Montauban, en plein cœur de la place Claude Nougaro. Une petite fille en pleurs et moi qui cours après, mon Ève qui n'avait pas voulu venir, j'étais désespérément seul, incurablement face à ma solitude, touillant mon spleen baudelairien en plein raz-de-marée technologique, c'était complètement décalé. Misère et boules de gomme, narcissisme usé pour romantisme niais, flagellation des sentiments purs, victoire de l'hypocrisie et des salauds, sentiment de révolte et d'injustice, tout cela à cause d'une belle femme brune qui n'avait pas voulu de moi. Où allaient se cacher les émotions dans ce monde cruel et glacé ? Peut-être que Nietzsche était devenu fou et philosophe après et grâce à une déconvenue amoureuse, me consolai-je. À défaut du pompon, j'avais gagné le radis de Montauban.

Alors, Madame, qu'est-ce qu'un homme ? Avant de m'endormir, les chansons de Lavilliers dans la tête, je promis de m'atteler maintenant à ce vaste chantier philosophique, la statue du Commandeur m'était apparue et m'avait demandé de réfléchir, je m'étais engagé pour cette nouvelle aventure. En attendant, je sombrai dans les bras de Morphée, belle amie à la poitrine généreuse qui me prit par la main et m'emmena doucement vers un nouveau rêve dédié à Claire.

Un vieillard digne, marchant à petits pas s'écroula sur la chaussée, effrayé par le flot automobile qui ne cessa même pas. Mon destin est dans la rue, les seins de Claire de l'autre coté social, derrière la vitrine de l'accorte boulangère, posés au milieu de délicieux gâteaux au chocolat dont je ne puis même pas jouir des délicats effluves. La vieille avait semé ses graines de haine, mauvaises herbes dénaturant le jardin à la Française que nous avions tracé avec amour. C'était peut-être inévitable, diront les fatalistes, moi je ne voyais pas les choses ainsi, mais que pouvais-je y faire ?

Hallucination, les loups avaient montré leurs dents, je n'avais pas eu peur, Claire, à nous la liberté, à toi de choisir, c'était la seule chose importante qui restait, le dernier acte d'une pièce pitoyable, le retour vers la paix des braves, la fin du combat indigne et inique, seul face à la machine. Je n'avais eu aucune chance, évidemment, mes mots d'amour s'entaient fracassés contre le mur érigé par la vieille aux mains écorchées par ses propres coups de griffes, tant de haine pour un baiser, le genre humain gémissait sous les coups et maintenant que j'étais vieux à mon tour, je n'attendais plus qu'un pâle rayon de soleil pour réchauffer mon cœur et reprendre ma promenade, main dans la main, avec la femme aimée.

À mon âge, le sexe abondant et joyeux n'était plus dans mes cordes, mais Claire m'avait conservé toute sa tendresse, me prouvant si besoin était que notre relation était plus profonde que nos échanges corporels. Douce Claire, si tu savais ma peine, tu n'oserais pas me faire attendre, tu viendrais immédiatement au chevet de ton ami malade, tes mots doux et tes caresses apaiseraient ma douleur car toi qui me connais si bien, osmose amoureuse dont tes seins ne sont que la montagne apparente, douce Claire, femme idéale, tu serais déjà à mes côtés, sans un mot, m'offrant enfin tes yeux, ce que tu as de plus beau. Ton regard ne me quitte pas, nos mains liées, notre sentiment amoureux indestructible, plus fort que les destructeurs misérables, jaloux de toi et de moi, pris dans leurs calculs courts et leur malveillance étroite, incapables de toucher l'essentiel que seuls toi et moi partageons, car tu m'as tout offert, je t'ai tout pris et nous nous aimons encore.

Assis sur un banc, je jetais des cailloux dans l'eau pour passer le temps. Une jolie femme s'arrêta, un regard un peu trouble, des seins magnifiques (moins beaux que ceux de Claire, peut-être), l'air très sympathique, un sourire entonnant, vraiment charmante. Elle me dit :

– Frustrant, n'est-ce pas ?

Je ne pouvais qu'être d'accord avec elle. Je vis partir cette femme, une journaliste de la *Dépêche du Midi*, toute grande, vers la même direction que moi, au moins pour un temps. Onirisme et narcissisme, passage obligé dans ce cercle de feu. Quant à cette fille qui ne m'avait même pas laissé son prénom, juste une émotion tout à fait agréable, j'étais déjà en train de me demander comment la revoir et la séduire. Loin de la guerre des sexes, c'était le réveil des morts, la relève du vieil homme, mes amis psychanalystes allaient être ravis, et les autres comprendraient naturellement la métaphore. Donc, amie journaliste, je ne savais pas véritablement qui tu étais, mais j'avais envie de te retrouver. À bientôt.

En attendant, il fallait continuer. À passer le temps. Claire et moi étions arrivés au terme de notre chemin de papier, et j'étais déjà dans un état lamentable. Comment pouvait-elle aimer encore un guerrier invalide comme moi ? Peut-être bien qu'il fallait en rester là, puisqu'avait surgi l'ironique et fuyante journaliste, et que je n'avais plus une jambe pour lui courir après. En rendant sa liberté totale à Claire, je faisais un acte généreux d'authentique amoureux. Elle avait toujours fait ce qu'elle avait voulu, bien entendu, mais son humanité profonde avait entretenu ses sentiments pour moi, alors qu'elle avait tout intérêt à vivre autre chose. Tel était en tout cas mon avis alors que l'hiver avait totalement disparu pour un printemps calme et un été torride.

Tout simplement une histoire d'amour. Une de plus. Ensuite, les routes vont vers des pays, je laissai là la belle ravie et étourdie, et je partis à la recherche de la troublante journaliste, ce qui me faisait déjà penser qu'il n'y aurait jamais assez de mots pour chanter les louanges de vos poitrines.

Le sniper fut enterré l'hiver suivant, par un petit matin ensoleillé et glacé, sous les applaudissements de son équipe de rugby.

ooo

Éditeur :
Books on Demand GmbH,
12/14 rond-point des Champs Élysées,
75008 Paris, France

Impression :
Books on Demand GmbH, Norderstedt, Allemagne

ISBN : 9782810622993

Illustration de couverture : © Li Jinyuan
« Toulousaine inconnue »

Dépôt légal : décembre 2015

www.bod.fr